기획의 말

그리운 마음일 때 'I Miss You'라고 하는 것은 '내게서 당신이 빠져 있기(miss) 때문에 나는 충분한 존재가 될 수 없다'는 뜻이라는 게 소설가 쓰시마 유코의 아름다운 해석이다. 현재의 세계에는 틀림없이 결여가 있어서 우리는 언제나 무언가를 그리워한다. 한때 우리를 벅차게 했으나 이제는 읽을 수 없게 된 옛날의 시집을 되살리는 작업 또한 그 그리움의 일이다. 어떤 시집이 빠져 있는 한, 우리의 시는 충분해질 수 없다.

더 나아가 옛 시집을 복간하는 일은 한국 시문학사의 역동성이 드러나는 장을 여는 일이 될 수도 있다. 하나의 새로운 예술작품이 창조될 때 일어나는 일은 과거에 있었던 모든 예술작품에도 동시에 일어난다는 것이 시인 엘리엇의 오래된 말이다. 과거가 이룩해놓은 질서는 현재의 성취에 영향받아 다시 배치된다는 것이다. 우리는 현재의 빛에 의지해 어떤 과거를 선택할 것인가. 그렇게 시사(詩史)는 되돌아보며 전진한다.

이 일들을 문학동네는 이미 한 적이 있다. 1996년 11월 황동규, 마종기, 강은교의 청년기 시집들을 복간하며 '포에지 2000' 시리즈가 시작됐다. "생이 덧없고 힘겨울 때 이따금 가슴으로 암송했던 시들, 이미 절판되어 오래된 명성으로만 만날 수 있었던 시들, 동시대를 대표하는 시인들의 젊은 날의 아름다운 연가(戀歌)가 여기 되살아납니다." 당시로서는 드물고 귀했던 그 일을 우리는 이제 다시 시작해보려 한다.

기획의 말

그리운 마음일 때 'I Miss You'라고 하는 것은 '내게서 당신이 빠져 있기(miss) 때문에 나는 충분한 존재가 될 수 없다'는 뜻이라는 게 소설가 쓰시마 유코의 아름다운 해석이다. 현재의 세계에는 틀림없이 결여가 있어서 우리는 언제나 무언가를 그리워한다. 한때 우리를 벅차게 했으나 이제는 읽을 수 없게 된 옛날의 시집을 되살리는 작업 또한 그 그리움의 일이다. 어떤 시집이 빠져 있는 한, 우리의 시는 충분해질 수 없다.

더 나아가 옛 시집을 복간하는 일은 한국 시문학사의 역동성이 드러나는 장을 여는 일이 될 수도 있다. 하나의 새로운 예술작품이 창조될 때 일어나는 일은 과거에 있었던 모든 예술작품에도 동시에 일어난다는 것이 시인 엘리엇의 오래된 말이다. 과거가 이룩해놓은 질서는 현재의 성취에 영향받아 다시 배치된다는 것이다. 우리는 현재의 빛에 의지해 어떤 과거를 선택할 것인가. 그렇게 시사(詩史)는 되돌아보며 전진한다.

이 일들을 문학동네는 이미 한 적이 있다. 1996년 11월 황동규, 마종기, 강은교의 청년기 시집들을 복간하며 '포에지 2000' 시리즈가 시작됐다. "생이 덧없고 힘겨울 때 이따금 가슴으로 암송했던 시들, 이미 절판되어 오래된 명성으로만 만날 수 있었던 시들, 동시대를 대표하는 시인들의 젊은 날의 아름다운 연가(戀歌)가 여기 되살아납니다." 당시로서는 드물고 귀했던 그 일을 우리는 이제 다시 시작해보려 한다.

아름다운 사람 하나

일러두기

『아름다운 사람 하나』는 들꽃세상(1990), 푸른숲(1996)에서 수록 시와 그 순서를 달리하여 출간된 바 있다. 이 시집은 2011년 고정희 시인의 20주기를 기려 또하나의문화에서 펴낸 『고정희 시전집』을 따랐다.

문학동네포에지 049

고정희 시집

아름다운
사람
하나

시인의 말

이 시집, 사랑하고 또 사랑하는 당신께 바칩니다. 당신을 향한 나의 믿음, 신뢰, 소망, 기쁨, 고통, 노여움, 그리고 사랑과 힘이 이 시집의 기록입니다.

시 편편 글자마다 나와 이 세계의 문으로 상징되는 당신이 살아 숨쉬고 있음을 행복하게 생각합니다.

어느 한 편도 눈물 없이 쓸 수 없었던 이 시편들, 그러나 사랑의 화두에 불과한 이 연시편이 모든 이의 고통과 슬픔을 승화시키는 노래가 되기를, 그리고 내가 더 큰 사랑의 광야에 이르는 길이 되기를 빌어봅니다.

1990년 가을

고정희

차례

3부 꿈꾸는 가을 노래

4부 하늘에 쓰네

1부 다시 무정한 이여

서시

제 삶의 무게 지고 산을 오르다
더는 오를 수 없는 봉우리에 주저앉아
철철 샘솟는 땀을 씻으면, 거기
내 삶의 무게 받아
능선에 푸르게 걸어주네, 산

이승의 서러움 지고 산을 오르다
열두 봉이 솟아 있는 서러움에 기대어
제 키만한 서러움 벗으면, 거기
내 서러운 짐 받아
열두 계곡 맑은 물로 흩어주네, 산산

쓸쓸한 나날들 지고 산을 오르다
산꽃 들꽃 어지러운 능선과 마주쳐
제 생애만한 쓸쓸함 묻으면, 거기
내 쓸쓸한 짐 받아
부드럽고 융융한 품 만들어주네, 산산산

저 역사의 물레에 혁명의 길을 잣듯
사람은 손잡아 서로 사랑의 길을 잣는 것일까
다시 넘어가야 할 산길에 서서
뼛속까지 사무치는 그대 생각에 울면, 거기
내 사랑의 눈물 받아
눈부신 철쭉 꽃밭 열어주네, 산, 산, 산

아파서 몸져누운 날은

오월의 융융한 햇빛을 차단하고 아파서 몸져누운 날은 악귀를 쫓아내듯 신열과 싸우며 집안에 가득한 정적을 밀어내며 당신이 오셨으면 당신이 오셨으면 하다 잠이 듭니다

기적이겠지 기적이겠지

모두가 톱니바퀴처럼 제자리로 돌아간 이 대낮에 이심전심이나 텔레파시도 없는 이 대낮에 당신이 내 집 문지방을 들어선다면 나는 아마 생의 최후 같은 오 분을 만나고 말 거야 나도 최후의 오 분을 셋으로 나눌까 그 이 분은 당신을 위해서 쓰고 또 이 분간은 이 지상의 운명을 위해서 쓰고 나머지 일 분간은 내 생을 뒤돌아보는 일에 쓸까 그러다가 정말 당신이 들어선다면 나는 칠성판에서라도 벌떡 일어날 거야 그게 나의 마음이니까 그게 나의 희망사항이니까…… 하며 왼손가락으로 편지를 쓰다가 고요의 밀림 속으로 들어가 다시 잠이 듭니다

흔들림이 끝난 그 무엇처럼

왼손가락으로 쓰는 편지

무정한 이여, 하고 소리쳐 부르면 앞산이 그 소리 삼켜버리고 정말 무정한 이여, 하고 소리쳐 부르면 뒷산이 그 소리 삼켜버리고 다시 무정한 이여, 하고 먼산 향하여 토악질하면 안산에 주룩비 주룩주룩 내렸습니다

일시에 안산을 적시는 주룩비, 과천을 적시고 군포를 적시고 포일리를 적시는 주룩비, 끝내는 남쪽으로 내려가는 주룩비, 내 생의 목마름 조금 적실 수도 있으련만, 아아 주룩비, 잠들지 못하는 것들 품어 함께 노래할 수도 있으련만, 외로움의 우산 밖으로 밖으로 미끄러져내려 빠르게 떠나가는 물줄기는 꼭 당신 뒷모습 같아 나는 서러움에 목이 메고 어디선가 소쩍새 우는 소리로 사랑의 축대가 무너지고 있었습니다

무너지는 것들 옆에서

내가 화나고 성나는 날은 누군가 내 발등을 질겅질겅 밟습니다 내가 위로받고 싶고 등을 기대고 싶은 날은 누군가 내 오른뺨과 왼뺨을 딱딱 때립니다 내가 지치고 곤고하고 쓸쓸한 날은 지난날 분별없이 뿌린 말의 씨앗, 정의 씨앗들이 크고 작은 비수가 되어 내 가슴에 꽂힙니다 오 하느님, 말을 제대로 건사하기란 정을 제대로 다스리기란 나이를 제대로 꽃피우기란 외로움을 제대로 바로잡기란 철없는 마흔에 얼마나 무거운 멍에인지요

나는 내 마음에 포르말린을 뿌릴 수는 없으므로 나는 내 따뜻한 피에 옥시풀을 섞을 수는 없으므로 나는 내 오관에 유한락스를 풀어 용량이 큰 미련과 정을 헹굴 수는 더욱 없으므로 어눌한 상처들이 덧난다 해도 덧난 상처들로 슬픔의 광야에 이른다 해도, 부처님이 될 수 없는 내 사지에 돌을 눌러둘 수는 없습니다

상처

당신이 조금만 더 친절했더라면 저 쓸쓸한 황야의 바람을 잠재울 수 있었을 것입니다 당신이 조금만 더 가슴을 열었더라면 저 산등성이 날아오르는 새들이 저무는 하늘에 신의 악보를 연주할 수 있었을 것입니다 당신이 조금만 더 조금만 더 가까이 다가설 수 있었더라면 세상은 한 발짝씩 천국 쪽으로 운행할 수 있었을 것입니다

벌써 까마득한 옛날, 당신을 처음 만났던 날의 기쁨과 편안한 강기슭과 아름다운 섬의 일박 이일이 또다시 내 가슴을 울렁거리게 합니다 우리들이 함께 춤추던 밤의 힘찬 포옹과 무심한 새벽 달빛과 무정한 세월 뒤에 속절없이 피고 지는 산꽃 들꽃이 또다시 온몸을 들썩거리게 합니다

아아 자나깨나 내 머리맡에 너무 큰 하늘이 내려와 있어 밤마다 서슬을 세운 별들이 명멸하고 적막한 산천 처마밑에서 노여운 내가 마녀처럼 울고 있습니다

북한강 기슭에서

위로받고 싶은 사람에게서 위로받지 못하고 돌아서는 사람들의 두 눈에서는 북한강이 흐르고 있다는 것을 알았습니다 서로 등을 기대고 싶은 사람에게서 등을 기대지 못하고 돌아서는 사람들의 두 눈에서는 북한강이 흐르고 있다는 것을 알았습니다 건너지 못할 강 하나를 사이에 두고 미루나무 잎새처럼 안타까이 손 흔드는 두 눈에서는 북한강이 흐르고 있다는 것을 알았습니다

지상에 안식이 깃드는 황혼녘이면 두 눈에 흐르는 강물들 모여 구만리 아득한 뱃길을 트고 깊으나깊은 수심을 만들어 그리운 이름들 별빛으로 흔들리게 하고 끝끝내 못한 이야기들 자욱한 물안개로 피워올리는 북한강 기슭에서, 사랑하는 이여 내 생애 적셔줄 가장 큰 강물 또한 당신 두 눈에 흐르고 있다는 것을 알았습니다

지울 수 없는 얼굴

냉정한 당신이라 썼다가 지우고
얼음 같은 당신이라 썼다가 지우고
불 같은 당신이라 썼다가 지우고
무심한 당신이라 썼다가 지우고
징그러운 당신이라 썼다가 지우고
아니야 부드러운 당신이라 썼다가 지우고
그윽한 당신이라 썼다가 지우고
따뜻한 당신이라 썼다가 지우고
내 영혼의 요람 같은 당신이라 썼다가 지우고
샘솟는 기쁨 같은 당신이라 썼다가 지우고
아니야 아니야
사랑하고 사랑하고 사랑하는 당신이라 썼다가
이 세상 지울 수 없는 얼굴 있음을 알았습니다

집으로 돌아오며

양수리와 춘천이 갈라지는 길목에서
불현듯 강물 같은 슬픔과 만났습니다
나는 당신의 이름을 불렀습니다
청평과 가평이 헤어지는 강변에서
산 같은 슬픔과 만났습니다
나는 주문처럼 당신의 이름을 불렀습니다
경기도가 둥그렇게 모여 앉은 들녘에서
상엿소리 같은 슬픔과 만났습니다
주님, 하고 부르듯
어머니, 하고 부르듯
나는 당신의 이름을 불렀습니다
과천 지나며
당신 이름으로 징검다리 하나 놓고
안양 지나며
당신 이름으로 징검다리 하나 놓고
군포 지나며
당신 이름으로 징검다리 하나 놓고
반월과 수원이 갈라지는 길목에서
당신 이름으로 놓인 징검다리 밟으며
슬픔의 시냇물 무사히 건넜습니다

강물에 빠진 달을 보러 가듯

강물에 빠진 달을 보러 가듯
새벽에 당신 사는 집으로 갑니다
깨끗한 바람에 옷깃을 부풀리며
고개를 수그러뜨리고 말없이 걷는 동안
나는 생각합니다
어제 부친 편지는 잘 도착되었을까
첫 줄에서 끝줄까지 불편함은 없었을까
아직도 문은 열어두지 않았을까
아예 열쇠 수리공을 부를까?
아니야, 그건 일종의 폭력이야
새벽에 어울리는 단정한 말들만이
내가 그에게 매달리는 희망인가?
신은 그 희망으로 목걸이를 약속하셨지
눈물로 혼을 씻는 자에게만 주시는 목걸이……
아침이슬이 몸에 오싹하도록 걷고 또 걸어
나는 당신 집 앞에 발걸음을 멈춥니다
골목은 고요하고 문은 굳게 닫겨 있습니다
삼백여든아홉번째 버저를 누르지만
아무 인기척도 들리지 않습니다
품속에 간직한 초설 같은 편지 한 장
문틈에 꽂아놓고 하늘을 봅니다

날개

생일 선물을 사러 인사동에 나갔습니다
안개비 자욱한 그 거리에서
삼천 도의 뜨거운 불기운에 구워내고
삼천 도의 냉정한 이성에 다듬어낸
분청 들국 화병을 골랐습니다
일월성신 술잔 같은 이 화병에
내 목숨의 꽃을 꽂을까, 아니면
개마고원 바람 소릴 매달아놓을까
그것도 아니라면
장백산 천지연 물소리 풀어
만주 대륙 하늘까지 어리게 할까
가까이서 만져보고
떨어져서 바라보고
위아래로 눈 인두질하는 내게
주인이 다가와 말을 건넸지요
손님은 돈으로 선물을 사는 것이 아니라
마음으로 선물을 고르고 있군요
이 장사 삼십 년에
마음의 선물을 포장하기란
그냥 줘도 아깝지 않답니다
도대체 그분은 얼마나 행복하죠?
뭘요……
마음으로 치장한들 흡족하지 않답니다
이 분청 화병에는

날개가 달려 있어야 하는데
그가 이 선물을 타고 날아야 하는데
이 선물이 그의 가슴에
돌이 되어 박히면 난 어쩌죠?

장미꽃 이불

얘야, 인생이 추울 때 꺼내 덮을 수 있는
명주솜 이불 두어 채 마련하자꾸나
네가 아무리 당당하게 살아도
혼자 가는 뒷모습 한없이 춥구나

어머님이 살아생전 마련해주시마던
명주솜 이불 자리 그대로 비워둔 채
홀연히 저세상 떠나셨지요
청천 날벼락 같은 그 슬픔의 자리
찬바람 숭숭한 그 자리에, 그대
오른손이 모르게 은밀히 놓아주신
장미꽃 이불을 처음 꺼내 덮었습니다
내 인생이 추워서가 아니라
이 이불 속에 서리서리 펼쳐주신
그대 곡진한 사랑 음미하고 싶어서지요
이 이불 위에 피고 지고 다시 피는
한세상 따뜻함 품고 싶어서지요

장미꽃 수천 송이 잔잔한 이불 밑에
우리 동행하는 뜻 나란히 잠든 밤은
서천 서역국 달그림자 쪽으로
수란 잎이 벙그는 밤입니다
장미 향기 수만 리 은은한 이불 밑에
우리 함께 가는 길 나란히 누운 밤은

가난한 지붕마다 별들이 내려와
사랑의 보석을 깔아놓은 밤입니다
장미 바늘로 누빈 안식의 이불 밑에
이쁜 우리 꿈 나란히 꽃핀 밤은
등이 추운 것들 나란히 나란히
쓸쓸한 마음들 나란히 나란히 걸어들어와
동쪽 바다 밑에서 해 하나씩
건져올리며
따뜻하고 따뜻하게 얼싸안는 밤입니다

포옹

사랑하는 사람이여 세모난 사람이나 네모난 사람이나 둥근 사람이나 제각기의 영혼 속에 촛불 하나씩 타오르는 이유 올리브 꽃잎으로 뚝뚝 지는 밤입니다

전보

그대 이름 목젖에 아프게 걸린 날은

물 한잔에도 어질머리 실리고

술 한잔에도 토악질했다

먼산 향하여, 으악으악

밤 깊도록 토악질했다

2부 쓸쓸한 날의 연가

쓸쓸한 날의 연가

내 흉곽에
외로움의 지도 한 장 그려지는 날이면
나는 그대에게 편지를 쓰네
봄 여름 가을 겨울 편지를 쓰네
갈비뼈에 철썩이는 외로움으로는
그대 간절하다 새벽 편지를 쓰고
허파에 숭숭한 외로움으로는
그대 그립다 안부 편지를 쓰고
간에 들고나는 외로움으로는
아직 그대 기다린다 저녁 편지를 쓰네
때론 비유법으로 혹은 직설법으로
그대 사랑해 꽃도장을 찍은 뒤
나는 그대에게 편지를 부치네
비 오는 날은 비 오는 소리 편에
바람 부는 날은 바람 부는 소리 편에
아침에 부치고
저녁에도 부치네
아아 그때마다 누가 보냈을까
이 세상 지나가는 기차표 한 장
내 책상 위에 놓여 있네

당신 가슴에 내 목을 묻을 때

당신 가슴에 내 목을 묻을 때 나는 천국의 해바라기 꽃밭을 지나가네 꿈속에서 그리던 곤륜산과 만나듯 그 넓고 부드러운 불살에 기대어 나는 황금빛 따뜻한 꽃구름을 올라가네 맨발의 가벼움으로 아흔아홉번째 구름계단에 올라가 발아래 세상을 내려다보는 일은 가슴 투닥거리네

당신 가슴에 내 그리움을 묻을 때 나는 천국의 수선화 꽃밭을 지나가네 스무 필의 옥색 폭포에 살을 맡기듯 그 푸르고 아득한 물결에 기대어 나는 꿈의 꽃계단을 올라가네 어지러움으로 혹은 명징함으로 영혼의 방에 촛불을 켜는 손 떨리네 꽃과 불을 실은 억겁 물이랑들이 팔만사천 대천세계 넋 씻어올리는 모습 가슴 울렁거리네

아아 당신 가슴에 내 고단함 묻을 때 나는 천국의 사과 꽃밭을 지나가네 첫 동트는 햇살에 두 팔을 벌리듯 그 맑고 밝은 믿음에 기대어 나는 애틋하고 아련한 추억의 강기슭을 내려가네 닻을 내리는 편안함으로 당신 목이 내 목에 감기고 내 목이 당신 목에 감길 때 아아 날개 흰 새떼 날아올라 천국의 사과 꽃밭과 수선화 꽃밭에서 사랑의 명주실을 나르는 모습 황홀하네

약탕관에 흐르는 눈물

섬이라면 주야로 배 저어 가고 산이라면 봉이마다 오르는 길 있으련만 사랑의 길눈 어두운 나는 그대에게 가는 길 아직 찾지 못했습니다

천하 명금 이마지가 거문고 줄을 타고 허오가 자지러지게 피리를 분들 노심초사 그대 생각뿐인 내 마음 즐겁지 않으니 영명한 한의사는 내게 사랑의 묘약 한 재 지어주며 사랑의 길눈 밝아지랍니다 지은 정성 달이는 정성 마시는 정성으루다 사랑의 길눈 밝아져서 그대 나라에 잘 들어가랍니다

용한 한의사의 처방대로 햇빛 쨍쨍하고 선들바람 부는 날 받아 사랑의 묘약 달이기를 합니다 진흙으로 빚은 약탕관에 천년 설봉 얼음 녹여 사랑의 묘약 털어 넣은 후 하루 스물네 시간에 돋은 기다림 썰어 넣고 스무 날 우거진 오매불망 구엽초도 비벼 넣고 석 달 열흘 무성한 그리움 잘라 넣고 삼 년 묵은 섭섭함 오 년 묵은 상처도 뽑아 넣고 칠 년간 미련이며 구 년 된 슬픔도 다져 넣어 참나무 숯불에 괄게 괄게 달이니, 아 사랑의 길눈 밝아지고 있는지 약탕관에 흐르는 눈물 스무아흐레 동안 그치지 않았습니다

더 먼저 더 오래

더 먼저 기다리고 더 오래 기다리는 사랑은 복이 있나니
저희가 기다리는 고통중에 사랑의 의미를 터득할 것이요
더 먼저 달려가고 더 나중까지 서 있는 사랑은 복이 있나니
저희가 서 있는 아픔중에 사랑의 길을 발견할 것이요
더 먼저 문을 두드리고 더 나중까지 문 닫지 못하는 사랑은 복이 있나니
저희가 문 닫지 못하는 슬픔중에 사랑의 문을 열게 될 것이요
더 먼저 그리워하고 더 나중까지 그리워 애통하는 사랑은 복이 있나니
저희가 그리워 애통하는 눈물중에 사랑의 삶을 차지할 것이요
더 먼저 외롭고 더 나중까지 외로움에 떠는 사랑은 복이 있나니
저희가 외로움의 막막궁산 중에 사랑의 땅을 얻게 될 것이요
더 먼저 상처받고 더 나중까지 상처를 두려워하지 않는 사랑은 복이 있나니
저희가 상처로 얼싸안는 절망중에 사랑의 나라에 들어갈 것이요
더 먼저 목마르고 더 나중까지 목말라 주린 사랑은 복이 있나니

저희가 주리고 목마른 무덤 중에서라도 사랑의 궁전을 짓게 되리라
그러므로 사랑으로 씨 뿌리고 열매 맺는 사람들아 사랑의 삼보—상처와 눈물과 외로움 가운데서 솟은 사랑의 일곱 가지 무지개
이 세상 끝날까지 그대 이마에 찬란하리라

두 우주가 둥그렇게

같은 길을 가는 사람과 통방을 하고 나서 황홀했습니다 이제 막 문을 연 어둠 속으로 불을 켠 별들이 쨍쨍쨍 사라진 후 송악에 걸린 보름달처럼 두 우주가 둥그렇게 팔을 오므렸습니다 두 가슴이 둥그렇게 하늘을 감싸안았습니다 아아 두 목숨이 서로 넋을 길게 뽑아 위에서 아래까지 두 마음 하나로 포개 불을 붙였습니다

파도타기

둥근 젖무덤에 보름달 떠올라 하룻밤 사무치자 하룻밤 사무치자 팔 벌린 그 밤에 동쪽 샘이 깊은 물에 보름달 주저앉은 그 밤에……

느닷없는 부드러움이 두 가슴을 옥죄던 그 밤에 깊고 푸른 밤이 불을 켜던 그 밤에 사십 도의 강물이 범람하던 그 밤에……

불꽃 춤 찬란하던 그 밤에 서해안의 파도 소리 하얗게 부서지던 그 밤에 물미역 아름답게 흔들리던 그 밤에 별들이 내려와 드러눕던 그 밤에……

새벽 달빛 호호탕탕 넘어가던 그 밤에 아아 아홉 가지 봉황 깃털 창궁에 자욱한 그 밤에 그대와 나 수미산 꼭대기에 떠올라 우주와 교신하던 그 밤에……

희망의 시간

다만 똑바로 지나가거라
사랑의 수확 위에 머물지 않기 위해

하늘원고지에 그대가

흔들리며 오네
새벽안개 서린 하늘원고지에 그대가
눈물안개로 흔들리며 내게로 오네

나부끼며 오네
하늬바람 부는 하늘원고지에 그대가
눈물바람으로 나부끼며 내게로 오네

적시며 오네
비 내리는 하늘원고지에 그대가
눈물비 적시며 내게로 오네

사무치며 오네
달 뜨는 하늘원고지에 그대가
눈물달빛으로 사무치며 내게로 오네

파도치며 파도치며 오네
만경창파 굽이치는 하늘원고지에 그대가
눈물바다 파도치며 내게로 오네

동해안에서 일박

마흔한 살 오랏줄 끊어버리고
스무 해 직장생활 작별을 하고
발길 닿는 대로 찾아온 동해,
행복하여라
이제야 그대가 하룻밤 전부이네
파도를 끌어안듯
그대 끌어안고 잠드네

3부 꿈꾸는 가을 노래

처서 무렵, 시베리아

휴일 하루를 당신 생각으로 보냈습니다 내 온몸이 고요해지기를 기다려 서쪽 하늘에 고개를 기대면 벼이삭이 지평선 끝까지 기립 박수를 치고 처서 지난 바람이 남쪽에서 불어와 흰구름 잔잔한 하늘에 슬픔의 지도를 그렸습니다 그 슬픔의 지도 신선한 골짜기 하나를 끼고 겁없이 들어가노라면, 놀랍게도 울연한 사랑의 대륙에서 발원한 강물과 만년 설봉 이별의 빙벽에서 발원한 강물이 기산의 산자락 끝에서 만나 이 세상 슬픔의 물꼬 그리움의 물꼬 노여움의 물꼬를 트거니 닫거니 하는 게 보였습니다 야트막한 강변 한쪽 끄트머리에 선 이쁘고 쓰라린 추억의 은방울꽃이 꽃이삭을 지천으로 희게희게 흔들었습니다

—멈추지 마십시오, 계속 걸어가시오

이정표가 마지막 화살표를 지우는 곳에는 아아 지상에 충만한(!) 절망의 기운과 마음에서 용솟는 희망의 기운이 맞붙어 용광로처럼 활활 타오르는 시베리아, 이 지상에서 가장 아름답다는 시베리아 황혼이 기다리고 있었습니다 천 갈래 하늘강에 만 가지 노을빛 겹치는 시베리아, 처음도 끝도 없는 광채 속에 녹아 거대하고 거대한 화폭으로 불을 뿜는 시베리아 벌판에서 나는 처음으로 황혼의 섬광에 도취된 사람들의 합창소릴 들었습니다 황혼 속으로 걸어가서 다시 돌아오지 않은 시베리아 죄수들의 영가를 오래 들었습니다

입추

회임할 수 없는 것들이여 이 세상의 고통에 닿지 못하리니 열매 맺지 못하는 사과나무여 사랑의 도끼에 찍혀 불구덩에 던져지리니

꿈꾸는 가을 노래

들녘에 고개 숙인 그대 생각 따다가
반가운 손님 밥을 짓고
코스모스 꽃길에 핀 그대 사랑 따다가
정다운 사람 술잔에 띄우니
아름다워라 아름다워라
늠연히 다가오는 가을하늘 밑
시월의 선연한 햇빛으로 광내며
깊어진 우리 사랑 쟁쟁쟁 흘러가네
그윽한 산그림자 어질머리 뒤로하고
무르익은 우리 사랑 아득히 흘러가네
그 위에 황하가
서로 흘러들어와
서쪽 곤륜산맥 열어놓으니
만리에 용솟는 물보라
동쪽 금강산맥 천봉을
우러르네

가을 편지

무르익기를 기다리는 가을이
흑룡강 기슭까지 굽이치는 날
무르익을 수 없는 내 사랑 허망하여
그대에게 가는 길 끊어버렸습니다
그러나 마음속에 길이 있어
마음의 길은 끊지 못했습니다

황홀하게 초지일관 무르익은 가을이
수미산 산자락에 기럽해 있는 날
황홀할 수 없는 내 사랑 노여워
그대 향해 열린 문 닫아버렸습니다
그러나 마음속에 문이 있어
마음의 문은 닫지 못했습니다

작별하는 가을의 뒷모습이
수묵색 눈물비에 젖어 있는 날
작별할 수 없는 내 사랑 서러워
그대에게 뻗은 가지 잘라버렸습니다
그러나 마음속에 무성한 가지 있어
마음의 가지는 자르지 못했습니다

길을 끊고 문을 닫아도
문을 닫고 가지를 잘라도
저녁 강물로 당도하는 그대여

그리움에 재갈을 물리고
움트는 생각에 바윗돌 눌러도
풀밭 한 벌판으로 흔들리는 그대여
그 위에 해와 달 멈출 수 없으매
나는 다시 길 하나 내야 하나봅니다
나는 다시 문 하나 열어야 하나봅니다

가을밤

님의 두 눈에 보름달 떠올라

그 아래 귀뚜라미 울음 깃드니

수수모가지 흔들리는 소리마저

서쪽으로 길을 내는 강물에 젖는다

가을을 보내며

사랑하는 이여
우리가 한 잔에서 목 축이지 못하는 오늘은
우리들 겸허한 허리를 구부려
서로의 잔에 그리움을 붓자
서로의 잔이 넘치게 하자

만추

작
여 별
이 하
습 는
모 그
뒷 들 대

눈
물
없
이
내 어찌 꿈에선들
바
라
보
리

삼각형 사랑

불운이었나 행운이었나 하느님이 내 마음의 물꼬를
터버린 그날부터 그대는 나의 불이며 물이며 밤
이었습니다 그대는 나의 언론이며 창이며 영
감이었습니다 때로 그대는 내 상상력이고
감격이고 희망이며 가슴 설렘이었습
니다 아아 그대는 내 기쁨의 샘이었
다가 영혼을 불러내는 오선지였다
가 풀밭에 내려앉는 팬플루트
소리였다가 바람이었습니다
그런 당신이 오늘밤은 내
인내심의 십자가입니다
그런 당신이 오늘밤
은 내 외로움의 수
평선입니다 그
런 당신이 오
늘밤은 빙벽
에 흐르는
침묵입
니다

다시 왼손가락으로 쓰는 편지

그대를 만나고 돌아오다가
안양쯤에 와서 내가 꼭 울게 됩니다
아직 지워지지 않은 그대 모습을
몇 번이고 천천히 음미하노라면
작별하는 뒷모습 그대 어깻죽지에
아무도 범접할 수 없는
독자적인 외로움과 추위가 선명하게
그려지기 때문입니다
그대 독자적인 외로움과 추위가
안양쯤에 와서
더운 내 가슴에
하염없는 설화로 흔들리기 때문입니다

그대 독자적인 외로움과 추위를 마주하며
집으로 돌아오는 나는 처절합니다
되돌아가기엔 나는 너무 멀리 와버렸고
앞으로 나가기엔 나는 너무 많은 것을
그대 땅에 뿌려놓았습니다

막막궁산 같은 저 어둠 어디쯤서
내 뿌린 씨앗들이 꽃피게 될는지요
간담이 서늘한 저 외롬 어디쯤서
부드러운 봄바람 나부끼게 될는지요

기우는 달님이 집 앞까지 따라와
안심하라, 안심하라, 쓰다듬는 밤
열쇠를 끄르며 나는 웃고 맙니다
눈물로 녹지 않을 설화는 없다!!
불로 녹지 않을 추위는 없다!

쓸쓸함이 따뜻함에게

언제부턴가 나는
따뜻한 세상 하나 만들고 싶었습니다
아무리 추운 거리에서 돌아와도, 거기
내 마음과 그대 마음 맞물려 넣으면
아름다운 모닥불로 타오르는 세상,
불그림자 멀리멀리
얼음장을 녹이고 노여움을 녹이고
가시철망 담벼락을 와르르 녹여
부드러운 강물로 깊어지는 세상,
그런 세상에 살고 싶었습니다
그대 따뜻함에 내 쓸쓸함 기대거나
내 따뜻함에 그대 쓸쓸함 기대어
우리 삶의 둥지 따로 틀 필요 없다면
곤륜산 가는 길이 멀지 않다 싶었습니다

그런데 그게 쉽지가 않습니다
내 피가 너무 따뜻하여
그대 쓸쓸함 보이지 않는 날은
그대 쓸쓸함과 내 따뜻함이
물과 기름으로 외롭습니다
내가 너무 쓸쓸하여
그대 따뜻함 보이지 않는 날은
그대 따뜻함과 내 쓸쓸함이
화산과 빙산으로 좌초합니다

오 진실로 원하고 원하옵기는
그대 가슴속에 든 화산과
내 가슴속에 든 빙산이 제풀에 만나
곤륜산 가는 길 트는 일입니다
한쪽으로 만장봉 계곡물 풀어
우거진 사랑 발 담그게 하고
한쪽으로 선연한 능선 좌우에
마가목 구엽초 오가피 다래눈
저너기 떡취 얼러지나물과 함께
따뜻한 세상 한번 어우르는 일입니다
그게 뜻만으로 되질 않습니다
따뜻한 세상에 지금 사시는 분은
그 길을 가르쳐주시기 바랍니다

흩으시든가 괴시든가

하느님…… 죄 없는 강물에 불지르는 저 열사흘 달빛을 거두어들이시든가 어룽어룽 광을 내는 내 눈물샘 단번에 절단내시든가 건너지 못할 강에 다리 하나 걸리게 하·시·든·가

하느님…… 시월 상달 창틀 밑에 밤마다 우렁차게 자진하는 저 풀벌레 울음을 기어코 흩으시든가 내 간음의 가을을 뒤엎으시든가 짱짱한 아궁이에 장작을 피우시든가

하느님…… 우리 밥숟갈의 정의에 묻어 있는 독을 닦아주시든가 적멸보궁 진신사리 별밭 속을 운행하는 심판의 불칼을 멈추시든가 능곡지변 갈대밭에 늡늡한 능금나무 향기롭게 하·시·든·가

4부 하늘에 쓰네

아득한 길

가시밭길, 잔을 부어 지나가라네
수중고혼 같은 무심함쯤으로
그대와 나
잔을 부어 잔을 부어 지나가라네

그대 생각

아침에 오 리쯤 그대를 떠났다가
저녁에는 십 리쯤 되돌아와 있습니다.

꿈길에서 십 리쯤 그대를 떠났다가
꿈 깨고 오십 리쯤 되돌아와 있습니다.

무심함쯤으로 하늘을 건너가자
바람처럼 부드럽게 그대를 지나가자
풀꽃으로 도장 찍고
한달음에 일주일쯤 달려가지만

내가 내 마음 들여다보는 사이
나는 다시 석 달쯤 되돌아와 있습니다.

물과 꿈의 노래

하루종일 야산에 도화기 오르고
앞산 젖가슴에 풋물 어지러운 날
그대 사는 강기슭 배 저어 갔다가
즈믄 가람 저편에 눈물비 맞고 있는
튤립 한 벌판 만났습니다
불의 강 저편에 눈물비 맞고 있는
튤립 한 벌판 아름다웠습니다
축복 있을진저 지상의 눈물이여,
그대 두 눈에서 흘러내린 눈물비
생명의 운행에 입맞추던 눈물비
삼라의 어머니로 돌아오고 있었습니다

하늘에 쓰네

그대 보지 않아도 나 그대 곁에 있다고
하늘에 쓰네
그대 오지 않아도 나 그대 속에 산다고
하늘에 쓰네

내 먼저 그대를 사랑함은
더 나중의 기쁨을 알고 있기 때문이며
내 나중까지 그대를 사랑함은
그대보다 더 먼저 즐거움의 싹을 땄기 때문이리니

가슴속 천봉에 눈물 젖는 사람이여
억조창생 물굽이에 달뜨는 사람이여

끝남이 없으니 시작도 없는 곳
시작이 없으니 멈춤 또한 없는 곳,
수련꽃만 희게 희게 흔들리는 연못가에
오늘은 봉래산 학수레 날아와
하늘 난간에 적상포 걸어놓고
달나라 광한전 죽지사
열두 대의 비파에 실으니
천산의 매화향이 이와 같으랴
수묵색 그리움 만리를 적시도다
만리에 서린 사랑 오악을 감싸도다

그대 보지 않아도 나 그대 곁에 있다고
동트는 하늘에 쓰네
그대 오지 않아도 나 그대 속에 산다고
해 지는 하늘에 쓰네

그대 생각

너인가 하면 지나는 바람이어라

너인가 하면 열사흘 달빛이어라

너인가 하면 흐르는 강물 소리여라

너인가 하면 흩어지는 구름이어라

너인가 하면 적막강산 안개비여라

너인가 하면 끝 모를 울음이어라

너인가 하면 내가 내 살 찢는 아픔이어라

그대 생각

융융한 서러움에 불을 지르듯
앞뒷산 첩첩이 진달래 피면
어지러워라 너 꽃불 가득한 사월,
그대는 안산 진달래꽃으로 물드네

아련한 기다림에 불을 지르듯
언덕배기 아롱다롱 과수꽃 피면
찬란하여라 저 비단결 강토,
그대는 안산 배꽃 사과꽃으로 물드네

수양버들 자락에 그대 생각 걸어놓고
남쪽 뜨락 까치집 바라보니
이 좋은 봄철에 차마 못할 일,
홍도화 붉은 심정 홀로 끄는 일이네

그대 생각

그대 따뜻함에 다가갔다가 그 따뜻함 무연히 마주할 뿐 차마 끌어안지 못하고 돌아왔습니다 그대 쓸쓸함에 다가갔다가 그 쓸쓸함 무연히 마주할 뿐 차마 끌어안지 못하고 돌아오는 발걸음이 어떤 것인지는 말하지 않겠습니다

다만, 내가 돌아오는 발걸음을 멈췄을 때, 내 긴 그림자를 아련히 광내며 강 하나가 따라오고 있다는 것을 알았습니다 내가 거리에서 휘감고 온 바람을 벗었을 때 이 세상에서 가장 이쁜 은방울꽃 하나가 바람결에 은방울을 달랑달랑 흔들며 강물 속으로 들어가는 것을 보았습니다

그 이후 이 세상 적시는 모든 강물은 그대 따뜻함에 다가갔다가 그 따뜻함 무연히 마주할 뿐 차마 끌어안지 못하고 돌아서는 내 뒷모습으로 뒷모습으로 흘렀습니다

강가에서

할말이 차츰 없어지고
다시는 편지도 쓸 수 없는 날이 왔습니다
유유히 내 생을 가로질러 흐르는
유년의 푸른 풀밭 강둑에 나와
물이 흐르는 쪽으로
오매불망 그대에게 주고 싶은 마음 한쪽 뚝 떼어
가거라, 가거라 실어보내니
그 위에 홀연히 햇빛 부서지는 모습
그 위에 남서풍이 입맞춤하는 모습
바라보는 일로도 해 저물었습니다
불현듯 강 건너 빈집에 불이 켜지고
사립에 그대 영혼 같은 노을이 걸리니
바위틈에 매어놓은 목란배 한 척
황혼을 따라
그대 사는 쪽으로 노를 저었습니다

비 내리는 가을밤에는

비 내리는 가을밤에는 우리는
이상한 나라에 도착합니다
희고 무겁고 늠연한 나라
소연 절세인이 울연히 거니는 나라
꽃이삭과 바람만이 이야기를 나누는 나라
그런 나라에 도착합니다

비 내리는 가을밤에는 우리는
이상한 나라에 도착합니다
아홉 개의 강물 위에 아홉 개의 달이 뜨고
천종 백합 꽃이슬 위에서
맨발의 여자들이 춤추며 나는 나라
살아 있는 가지마다
앵두빛 입술의 아기들이
엄마, 엄마, 노래하는 나라
갈대 꽃술처럼 희망이 흔들리는 나라
그런 나라에 도착합니다

비 내리는 가을밤에는 우리는
이상한 나라에 도착합니다
구만리에 솟은 그리움과 서러움이
구름다리 대평원을 만드는 나라
그대 큰 부드러움 그 위에 자욱하여
스물네 대의 거문고 소리로

가슴과 가슴을 두드리는 나라
드디어 즈믄 가람 물굽이에
수련 잎 고요히 어룽대는 나라
그런 나라에 도착합니다

5부 사랑의 광야에 내리는 눈

네가 그리우면 나는 울었다

길을 가다가 불현듯
가슴에 잉잉하게 차오르는 사람
네가 그리우면 나는 울었다

너를 향한 기다림이 불이 되는 날
나는 다시 바람으로 떠올라
그 불 다 사그라질 때까지
스스로 잠드는 법을 배우고
스스로 일어서는 법을 배우고
스스로 떠오르는 법을 익혔다

네가 태양으로 떠오르는 아침이면
나는 원목으로 언덕 위에 쓰러져
따스한 햇빛을 덮고 누웠고
누군가 내 이름을 호명하는 밤이면
나는 너에게 가까이 가기 위하여
빗장 밖으로 사다리를 내렸다

달빛 아래서나 가로수 밑에서
불쑥불쑥 다가왔다가
이내 허공중에 흩어지는 너,
네가 그리우면 나는 또 울 것이다

사랑의 광야에 내리는 눈

아아 그윽해라 눈이 내리네
님 그리운 날 눈이 내리네
평화롭게 겨울 하루 내리는 눈은
어둠의 들녘 저편
우리들 부끄러운 기억을 덮고
우리들 고통스런 상처를 덮고
우리들 슬픔의 집을 덮어
백리에 뻗은 백두 벌판
사랑의 광야에 이르네

아아 부드러워라 눈이 내리네
님 보고 싶은 날 눈이 내리네
포근하게 겨울 하루 내리는 눈은
사랑의 광야 저편
우리가 가야 할 언덕을 덮고
우리가 넘어야 할 산을 덮고
우리가 건너야 할 강을 덮어
천리에 굽이치는 백두 난봉,
사랑의 숲을 만드네

아아 이뻐라 눈이 내리네
님 만나러 가는 날 눈이 내리네
속삭이듯 겨울 하루 내리는 눈은
기다림의 광야 저편

살아 있는 날의 가벼움으로
죽어 있는 날의 즐거움으로
마음을 비운 날의 무심함으로
우리를 지나온 생애를 덮어
만리에 울연한 백두 영혼,
사랑의 모닥불로 타오르라네

대흥사행

고맙구나
이 적설 속에도
마을로 가는 길이
뚫려 있다
천 가람 문 닫는
이 적설 속에서도
피안으로 들어가는 길이 열려 있고
수미산으로 들어가는 길이 열려 있고
그대에게로 가는
길이 뚫려 있다

지상의 아우성 덮어주는 눈 속에서
황혼을 고요히 수락하는 마을들은
하늘 높이 저녁연기 피워올리고

눈 덮인 적동백 아름드리 가지마다
우리 사는 뜻 시나브로 휘날리니

고맙구나
남도의 산자락에 굽이치는
기상이여
저 무연한 저녁 불빛이여
장작불 괄게 타는 아궁이에
우리 사랑 또한

이글이글 타오르니

너를 내 가슴에 품고 있으면

고요하여라
너를 내 가슴에 품고 있으면
무심히 지나는 출근 버스 속에서도
추운 이들 곁에
따뜻한 차 한잔 끓는 것이 보이고

울렁거려라
너를 내 가슴에 품고 있으면
여수 앞바다 오동도쯤에서
춘설 속의 적동백 화드득
화드득 툭 터지는 소리 들리고

눈물겨워라
너를 내 가슴에 품고 있으면
중국 산동성에서 날아온 제비들
쓸쓸한 처마, 폐허의 처마밑에
자유의 둥지
사랑의 둥지
부드러운 혁명의 둥지
하나둘 트는 것이 보이고

눈 내리는 새벽 숲에서 쓰는 편지

눈 내리는 수유리 새벽 숲에서,
우리 함께 걸어왔던 길이
하늘로 사라지는 수유리 새벽 숲에서,
저마다 눈보라로 휘날리는 새벽 숲에서
아아 백색의 파도 아득한 새벽 강산
북악과 백악이 백범의 기상을 펼쳐
눈부시게 춤추며 껴안는 사일구 숲에서
불현듯
북으로 북으로 달려가는
새벽 기차 소리를 들었습니다

소백과 태백산맥 등뼈를 울리며
강원도 정선 아리랑 그
깊고 깊은 골짜기 지나
삼팔선 들어앉힌 우리 가슴속에서
백번 만번 타오르던 불길을 뿜으며
북쪽으로 북쪽으로 달려가는
새벽 기차 소리 장쾌했습니다

인제 지나 원통
원통 지나 신철원
신철원 지나 신의주
신의주 지나 원산
원산 지나 회령 땅과 두만강 굽이치는 골짜기

백년 동안 멈춘 세월 고삐 풀었습니다

통일산 우뚝 솟아
해방산 우뚝 솟아
평등산 우뚝 솟아
백년 동안 잠든 길 마주쳐 불렀습니다

아아 칠천만 자유 강토
이뻐라 이뻐라 이뻐라
백두 연봉 열여섯 봉우리 메아리 걸리니
기뻐라 기뻐라 기뻐라
금강 일만이천 봉 눈사태 꽃사태 골짜기 구르니
이 마을 저 마을 축복의 징표 같은 함박눈 내려

남누리 북누리
홀로 있으면서 혼자일 수 없는 우리들을 위하여
함께 있으면서 한몸일 수 없는 우리들을 위하여
높으나높은 천지연 깊으나깊은 샘물
우렁차게 내려오고 있었습니다
남쪽으로 남쪽으로 내려오는
천지연 물소리
삼천리 고향길에 쟁쟁했습니다

오 장해라 장해라

등짝에 삼팔선 지고 남북으로 행군하던
느티나무 숲이여
천지연 하나씩 솟구치는 젊은이여
통일의 강줄기 바로 우리 가슴속에 있어
칠천만 황하에 엄연한 보름달
새해 새날에는
남남북녀 보듬고 사무치리니

6부 따뜻한 동행

편지

숲에 푸른 잎사귀로 피어나는 당신의
이름을 지웠습니다
아침에 잎사귀는 다시 피었습니다
숲에 들꽃으로 피어나는 당신의
이름을 지웠습니다
아침에 들꽃은 다시 피었습니다
숲에 새소리로 들려오는 당신의
이름을 지웠습니다
아침에 새들은 다시 노래했습니다
숲에 오색 무지개로 걸리는 당신의
이름을 지웠습니다
비 온 뒤 무지개는 다시 걸렸습니다

해가 뜨고 지듯
날마다 숲은 무성하게 자라오르고
해가 뜨고 지듯
날마다 산꽃 들꽃은 햇빛에 눈부시고
해가 뜨고 지듯
지워버림으로써 당신은 내 가슴속에서
지워지지 않는 생명이 되어
더 깊은 곳으로 나를 인도했습니다

따뜻한 동행

해거름녘 쓸쓸한 사람들과 흐르던
따뜻한 강물이 내게로 왔네
봄 눈 파릇파릇한 숲길을 지나
아득한 강물이 내게로 왔네

이십 도의 따뜻하고 해맑은 강물과
이십 도의 서늘하고 아득한 강물이
서로 겹쳐 흐르며 온누리 껴안으며
삼라의 뜻을 돌아 내게로 왔네

사흘 낮 사흘 밤 잔잔한 강물 속에
어여쁜 숭어떼 미끄럽게 춤추고
부드러운 물미역과 수초 사이에서
적막한 날들의 수문이 열렸네

늦게 뜬 별 둘이 살 속에 박혔네
달빛이 내려와 이불로 덮였네
저물 무렵 머나먼 고향으로 흐르던
따뜻한 강물이 내게, 내게로 왔네
외로운 사람들의 낮과 밤 지나
기나긴 강물이 내게, 내게로 왔네

사십 도의 따뜻하고 드맑은 강물 위에
열두 대의 가야금 소리 깃들고

사십 도의 서늘하고 아득한 강물 위에
스물네 대의 바라춤이 실렸네
그 위에 우주의 동행이 겹쳤네

가리봉동 연가

스산한 불빛들로 가득한
가리봉동의 밤거리를 걸으며
동행의 의미를 생각했습니다
음산한 어둠으로 가득한
구로동의 골목길을 더듬으며
저무는 우리 삶 어깨동무해주는
동행의 기쁜 날 생각했습니다

가리봉동에 엎드려 우는 여자들이
지폐를 헤아리는 남자들의 발아래서
여름날 수풀처럼 무성했다가
가을날 단풍처럼 무르익었다가
겨울날 눈발처럼 휘날렸다가
징구렁 가랑잎 되어 뒹구는 길 돌아오며
동행의 뼈아픔 생각했습니다

유방에 불을 켠 여자들이
동해안처럼 줄 선 남자들의 발아래서
실크로드의 황혼이 되었다가
허구한 날 강태공의 월척이 되었다가
홍등가 이무기 횟감이 되었다가
더는 내려갈 수 없는 곳, 거문도
거문도로 내려가는 길 돌아오며
동행하는 분노를 생각했습니다

오 거문도 해안에서 우는 여자들이
한반도의 썩은 물로 철썩이다가
한반도의 쓰레기로 솟구치다가
그러나 그러나
세상의 더러움 다 걸러내고
푸른 해일 일으키며 달려오는 곳에서
깊은 바다 이끌며 돌아오는 곳에서
동행의 벅찬 힘 생각했습니다
동행의 소중함 생각했습니다

어머니 나라

창꽃 대궁에 내리는 이슬비가
배꽃 입술에 내리는 이슬비 불러내어
큰산 깨우러 가는 이슬비에 보태지고

앞산 골짜기 깨우는 이슬비가
뒷산 골짜기 깨우는 이슬비 불러내어
온누리 깨우러 가는 이슬비 좇아
하늘 가득 내려오니

두근거려라
생명의 뿌리 불러내어
생명의 맥박에 입맞추는 이슬비여,
네 안에 갠지스의 꿈이 깃들었구나
내 안에 갠지스의 태(胎)가 잠들었구나
네 안에 갠지스의 길이 열려 있구나

산다는 것은
이슬비처럼,
저마다 가슴속에 무심히 누워 있는
갠지스 하나 깨우러 가는 일,
갠지스 하나 불러내는 일이다

오월 어느 하루

아침저녁 오고가는 경기도 야산에 당신이 아카시아꽃으로 흔들리고 있는 날은 고마워라, 삼라만상 푸르름이 그대에게로 가는 지도가 되고 벼 포기 우거진 들녘에서 당신이 푸르게 손 흔들고 있는 날은 즐거워라, 떠가는 흰 구름이 그대에게로 가는 나침판이 되고 관악산 능선에 당신이 아득하게 굽이치고 있는 날은 반가워라, 먼 데서 불어오는 바람이 그대에게로 가는 이정표가 되고 미루나무 꼭대기에 당신이 펄펄 휘날리고 있는 날은 그리워라, 풀섶 은방울꽃이 그대에게로 가는 차표가 되니, 찬란하다면 찬란하고 도도하다면 도도한 오월 어느 하루

노여운 사랑

가을바람과 옷깃을 스친 뒤 세상이 지루하여 낮술을 마셨습니다 쨍그렁 소리가 나는 빈 술잔에 칸나 꽃대 같은 노여움을 따라 부으며 꿈에 본 수미산도 잠기게 하고 날개 달린 낮달도 띄워 당신 생각 단풍으로 아롱지도록 술잔을 채우고 또 채웠습니다

젊은 날의 꿈

어두운 날들이 흘러가고 있습니다
조금 마신 후에 바라보는 산
아주 가까우면서도 먼 산 하나
그 산에 나는 아직 오르지 못했습니다
길다면 긴 서른아홉 해 동안 나는
산으로 가는 길을 죄다 더듬었지만
미지로 열린 그 오솔길들은
원으로 원으로 원으로
떠났던 문에 닿아 있을 뿐,
운무 자욱한 어여쁜 산봉우리
저무는 강둑에 고요히 서 있습니다
하늘이 스스로 빛깔을 바꾸고
황혼의 옷자락이 지평선을 덮습니다
이윽고 막막궁산,
막막궁산 속으로 달빛 들어가니
텅 빈 길 위에 어리는 사람이여
썼다가 지우고 지웠다가 다시 쓰는
더는 부치지 못할 편지를 위하여
간담이 서늘한 쑥국새 울음
광망한 정적으로 가슴을 칩니다

임진강 누각에서

사랑의 마음만이 저와 같으리
증오의 벽을 넘어가는 바람이여
분단 사십오 년의 철조망 위에서
분단 없는 바람이 얼싸안고 춤추네
망초꽃 벌판에서 춤추네
금단의 철벽 위에서 춤추네
우리는 한몸이라 한몸이라 춤추네

사랑의 만남만이 저와 같으리
죽음의 벽을 넘어가는 강물이여
돌아오지 않는 다리,
분단 사십오 년의 다리 아래서
분단 없는 강물이 돌아와 입맞추네
남도 천리강 앞서가며 보듬네
북도 천리강 뒤따르며 보듬네
조국은 하나여라 하나여라 입맞추네

옳거니, 바로 우리 가슴속에 분단 있었구나
옳거니, 바로 우리 마음속에 휴전선 있었구나
사십오 년 회오만 호호탕탕 흘러가네

문학동네포에지 049
아름다운 사람 하나

초판 인쇄 2022년 6월 1일
초판 발행 2022년 6월 9일

지은이—고정희
책임편집—김동휘
편집—김민정 유성원 송원경 김필균
표지 디자인—이기준 이현정
본문 디자인—이주영
마케팅—정민호 이숙재 김도윤 한민아 정진아 이가을 우상욱 정유선
브랜딩—함유지 함근아 김희숙 안나연 박민재 박진희 정승민
제작—강신은 김동욱 임현식
제작처—영신사

펴낸곳—(주)문학동네
펴낸이—김소영
출판등록—1993년 10월 22일 제2003-000045호
주소—10881 경기도 파주시 회동길 210
전자우편—editor@munhak.com
대표전화—031-955-8888 / 팩스—031-955-8855
문의전화—031-955-2696(마케팅), 031-955-8875(편집)
문학동네카페—cafe.naver.com/mhdn
문학동네인스타그램—@munhakdongne
문학동네트위터—@munhakdongne
북클럽문학동네—bookclubmunhak.com

ISBN 978-89-546-8728-7 03810

www.munhak.com

문학동네